삶의 어떤 기술

삶의 어떤 기술

윤유나 시집

창비

y에게

차
례

제1부

제3부

제4부

제 1 부

다른 세상의 모든 근황

물속에서는 물에 젖지 않아요
잠 속에서는 잠이 들고요

배덕은 이야기가 되나봅니다
우리의 속은 언제나 흐르고 있는데
흘린 것 없죠

감사해요
구름이 매일 잘해줍니다
덕분에 밤이면 항복하고 싶어요

사람들이 왜 거짓말을 안 하죠?
짙고 깊은 허울을 기필코 보여주고요

동생이 결혼을 했습니다
친척들 모여 다 같이 산책해요

사촌 제부가 덩굴장미를 가리킵니다
꽃이 mini하대요

이 남자 천사 같아요

그것을 처음 볼 때 나도 감탄했어요
사촌 제부가 아이를 업습니다

엄마는 어떻게 되는 걸까요
한데 모여 집으로 돌아갑니다

참외를 먹겠지요

그냥 바다

말하지 않는다. 아무 말도 해주지 않는 건가. 그런 건 아니야. 나는 내 눈동자에 담겨 나를 바라보지 않는 바다를 보았다. 봉고차에 앉아 내 안의 차오른 감정에 만족하던 찰나 바다가 눈앞에 나타났다. 바다는 그냥 바다였다. 물이 들어오는 때의 바다였고 아직 갯벌인 바다였지만 바다는 그 어떤 바다도 아니었다. 바다는 그냥 바다구나. 의자에서 엉덩이를 살짝 떼 창밖의 바다를 더 멀리 바라보았다. 정말 몰랐어. 바다는 그냥 바다야. 그냥 거기에 있는 아무렇지 않은 바다야.

나 지금 여기 내 의지대로 놓여 있지만 그냥 바다를 보는 사람.

바다를 보자마자 웃었어. 바다다. 웃음이 났어. 미치겠다, 하며 털썩 웃어버렸다.

갈매기 하늘에 떠 있고 밀물에 배들이 동시에 출렁이는 경치. 빛이고 물이며 잠긴 바다는 시간에 출렁이고, 모여서 물방울이 되고 자꾸만 모여서 물이고 빛이고 잠이었다. 이 바다를 나는 용서하고 사죄하고 숨 쉬고 보자마자 나를 빼앗겨버리고 소리를 내보이고 웃는다. 정말 몰랐어. 이게 다잖아. 나는 바다에 살지 못하는 것, 이게 다다. 나는 바다를 보고 있고 바다에 살지 못한다. 살 수 없는 곳을 보는 마음, 그냥 바다. 잠시 머물러 생활할 수 없는 건 얼마나 멋진 일인가.

달리는 차에서 바다는 금방 끝이 났다. 바다를 보기 전의 나는 여기 없다. 달리는 차에서 꼼짝 않고 앉아 있는 여기 바다를 보았던 사람. 계속 바다를 보고 있는 사람. 그냥 바다를 보고 그냥 웃었던 사람. 그리고 알 수 있었다.

언젠가 바람을 친구 삼아, 물먹은 바람 육감적인 친구 삼아 같이 길을 걸으며 시를 썼다. 몸통이 바람인 그와 했던 내기. 먼저 사라지는 쪽을 살아가기로 했던가. 먼저 사라지는 쪽은 좋아하는 마음이네.

그런 물먹은 마음.

말하는 바다. 속에서 말하고 있는 바다. 글자 없이 어떻게 들어야 하는지 모르겠어. 바다 앞에서 얼굴을 들이밀고 바다의 말을 구연했을 때 바다가 잠깐 사라졌다.

바다가 눈앞에 있는데도 좋아하는 마음이 사라졌다. 살아야 하는데. 억울하고 분해서 견딜 수 없고 쓸쓸해서 도저히 버틸 수 없었는데. 내기가 끝났어. 좋아하는 마음이 완전히 사라졌어.

좋아하는 마음, 나는.

그래. 그냥 바다. 그냥 마냥 좋아하는 마음.

한번도 본 적 없는 경치. 아무 말 하지 않는다. 말하지 않는다. 전체이면서 동시에 아무것도 아닌 바다. 없는 바다. 비로소 눈앞에 나타난 바다. 검고 깊고 어리석은 바다.

　이것은 그의 작은 기쁨이 될 수 없고 그들이 무심히 지나치겠고 그가 마주 보며 울겠고 그런데 그냥 바다. 수다로 가득 찬 물. 수다로 가득 찬 바다. 물속, 인간적인 그런. 네 눈동자와 내 눈동자에 살며시 얹혔다가 출렁이고는 시간 지나 보이지 않는 바다. 교차하는 바다. 들리지 않는 바다. 영영 듣고 있는.

피를 뒤집어쓰다

풀숲을 봅니다
갑자기 칼날이 깨지는 일은 없을 겁니다

물거리 포아풀 등등
지난 계절 등등
웃다가 갈비뼈가 부러졌다 풀 마디를 봅니다
타자기 두드리는 엄지손가락 밑으로 검은 거미가 지나갔
다 그 회사에서 파는 '싹쓸이 잡초 제거' 제초기를 본 적 있
습니다 교회 오빠한테 문자가 왔다
'할아버지 산소 벌초하고 아버지랑 나란히 앉아 있어'
'응, 벌 없어?'
교회 오빠가 학교 선배의 코뼈를 부러뜨렸다
걷잡을 수 없이 우거져 있군
지나간 것들은 모두 목소리를 지녔군요
코피가 사랑이 무섭고 아름답고 가끔 젖어요
젖어요는 족보 있는 풀이에요
나무만 그런 게 아니고요? 조팝나무같이요
젖어요
젖어요

풀 베면

젖어요

여기

저기

눈코입 어디로 사라지는 걸까 이 짐승을 누가 데려다놓은
게 아니라면

조각난 풀들로 뒤덮인

눈코입

여기

저기

뿌리가 약한 것들은 뽑히기도 합니다 겁에 질렸고 땅은
부드럽죠 빽빽한 곳에서는 회전이 많아야 합니다

소원하다 잔디의 세력이 약해지고 있어요

베어 물다

백로 무렵에 자라난 풀들은 새 마디를 형성하지 못합니다

한겨울 지나 봄이 와도 자라지 못할 테죠

첫 마디를 내뱉고 눈먼
잡목의 풀밭
그들이 하릴없이 새기는 면을 읽는다

속에서 눈 뜨는 모임

가족과 먹는 여름 김밥

지난밤 비가 쏟아졌다
연못 관리실에 유감을 표하고 친근함을 표방하는 문 앞에
서 있다

알 수 없구나 쫓겨난 금붕어들

신문의 사실들이 개미를 닮았구나
닫힌 창을 바라보며 창밖에서 신문지를 깔고
김밥을 먹는다

구내식당에서 혼자 밥 먹을 때 내가 좀 처절한 것 같아
공원 모기가 발목을 초토화했다

집으로 돌아왔다

어제는 침대에 앉아 산울림의 「청춘」을 들었다
친구인 줄 알았던 친구들이
사라졌고

종이를 둘둘 말아 입에 대고 뻐끔거린다
영 원 한 사 랑

어제는 아름답기로 유명한 대학과 강물을 보고 왔다
종점에서 머리를 잘랐고
자르는 상상으로 머리가 잘리지 않았다

기다란 나무 울타리 따라 공원 한바퀴

돌아와 엄마가 싸는 김밥을 바라본다

가시오이, 고수 한접시
덜 익은 수박까지
모두 내게 어울리는 아침 식탁

언제 늙어서 내가 이토록 아름답지
엄마 앞에서 비늘 몇조각 흘리며
갓 썬 김밥을 먹는다

결혼 없이 하지

예쁘게 생긴 분노를 접어 주머니에 넣는다
자기 생식기를 핥는 개에게
그만 집에 가자

내가 사람일 때
사람이 결심을 멈추지 않을 때
나를 사랑하는 일과 사랑하지 않는 일이 동시에 벌어진다

안은미가 그랬어
자유로워야 다른 사람의 이야기 들린다고
너는 그래?

새들이 시끄럽다 우리가 살을 비벼댈수록
네가 너의 불행으로 나를 안심시키는 것처럼
지저귀네

어떤 나라에서 양말은 물고기라 불린대 그때 나를 지켜주
던 친구들이 있었어
노력에 중독된 매미가 있었어

자름과 변주는 나의 특기, 그렇게 안녕했어
꽃이 바깥을 돌아다니고 욱하는 멸치떼가 있었어

오래된 곳은 명소가 되는 법이지
우리가 볼 수 없는 시간들이 있는 거야
수없이 갈아입었던 나를 벗고 나는 목적을 버렸어
나를 선언하므로 사라지는 나에게
또 안녕

강아지 중성화 수술을 끝내고 '함흥냉면'에서 회냉면을
먹는데 말이야 새삼 명태회가 새빨갛잖아
 몸에는 필요 없는 부위가 있나봐
 있으면 병만 생기는 부위가 있나봐
 너도 그래?

먹고 먹어도 고픈 부위가 있어서
사람한테 달려들 때마다 내가 짐승 같고
그래도 혼란은 나무가 비명을 지르며 노루를 잡아먹는 것

팔다리를 찢고 길게 늘어지고 싶은데 여기 있는
우리는 누구니

기억나지 않는 미지에서 잠깐 멈춘 순간
책상 위 지우개가 그대로 있었고
알았어 이게 뭐 하는 짓인지

오늘은 진짜가 있어서 진짜가 있다고 느껴져
복숭아를 사 오며 아스팔트 위에 김치 패대기치는 장면을
습관적으로 상상하고
나만 느끼는 나를 사랑하고
이 없는 아기의 잇몸을 매만지던
왼손을 기억하고

내가 되지 않으려고 최선을 다했던 시간들

냄새와 털의 기본 역할은 보호고
생식기는 급소고

수돗물에서 꺼낸 첫번째 단어는 '꺼져'
냄새와 털의 기본 역할은 보호고

읽는다 형체 없는 마음에 모양을 주려고
이유는 잊었지만 창밖을 유념한다

과일 깎는 동안 과일의 이름을 지우는 동안
빗소리 듣고
비 소식 듣다가
과일의 이름을 말할 뻔했다

길에서 얌전했던 얼굴이 집에서는 부풀어 올라

  방바닥에 드리운 햇빛 사이로 새가 나뭇잎을 찢어발긴다
목이 타는 건지
  내게서 무언가 빼앗아 간다면 이른 아침 우두커니 선 샤
워실 풍경이겠지

보람

꽃사과와 친구가 되었다 사람들의 도움 덕분이다
모기가 되진 않았다 육체됨을 느낀다

농장에 들어가 알을 낳는다
내가 낳았는데 나를 낳았다고 울고 있다
자꾸 낳기로 한다
힘닿는 데까지 생산해보기로 한다

밭에 나가 소쩍새 따라 슬피 울기도 한다
내가 자꾸 새 얘기를 하는 건…
그러니까 따오기
두고 보니 즐비하다

아가방이 나에게 날아와주었다
미용을 해야 한다고
하품을 하고는
괜히 배를 불룩거린다

바닥에 떨어진 깃털을 줍는다

모카골드 절벽에서 강아지가 뛰어다닌다

한눈판 사이 똥을 누고
간혹 비둘기들 떼 지어 날아간다

사방에 널린 뇌와 마음
름구 와기매갈
영혼은 내게 영혼이 날지 않는다는 사실을 통보하고

남편에게 날아갔다
기어이 찾아온 수선화는 잘한 일

모시조개

목이 탔고
모시조개는 살았지요
모래사장에 발이 푹푹 빠져 걷기 힘드네요
가요, 비 내리는
네요, 밤에는 택시뿐이네요
네요, 그만해요
마몽드

전주 태풍은 설마
국숫집
할머니처럼 글자 그림을 그리고
입을 벌리고 침을 흘리고
나는요
수증기가
풀렸다 조였다
나는요
모계에게
기차를 타고 기차를 탄 채로 바다에 뛰어드는
눈을 뜨고

눈을 떠서
아기라는 사람
수없이 나는요
정금주택으로 가요
오토바이에 올라 헬멧을 쓰고 눈을 뜨고
누굴 좀 만나러
가서
입 벌리고 침 흘리고
잠들고
더 있어요
깨지고 벌어져서는
어느 날에
심장이 굴인 줄 알고
씻으러 가요

안녕히
빗대어서
검은 비 오네요

보석의 마음

고등어 미간에서 흘러나오는 온풍
발 많은 눈물을 느끼고 있어

각얼음 가득 찬 눈알

구레나룻을 기르며 커가고 있어
질투에 대해 말할 수 있고
어제는 학교에서 꾸중을 들었어

선생님의 눈동자에서 흘러나오는 가재들이 나를 에워싸
려고 하는데

아, 들판의 버드나무 미풍에 흔들리네
코끝을 사랑하는

잠시만요

횡단보도에서 발길을 돌려세웠던

내가 아름답기도 전에
그곳에 선 여자가 먹어치운 건 무엇이었을까

gas

영혼이 나의 아름다움을 빼앗아 가는데
칭송받았어

시가 어여쁜 아가씨를 탐할 수 있게
자리를 비켜주었지
나는 범할 수 없게
속으로 웃었어

길바닥에서 욕하면 안 되잖아
복된 나는 안 돼
아무렴, 배고픈 아이를 안아줘야 돼

배고픈 아이 없잖아 그거 틀렸잖아 그거 아니잖아

머리가 흐리멍덩하게
망막이 흐릿하게
저기 버스 정류장에서 푸른 말들이 몰려온다

푸른 불 앞에서 나는

타버릴지도 모르지만
나는 타버린다

착하게 살아야 돼 ─

풍차가 돌아가는 산맥
없는 나와 말들이 지나간다
없는 세상의 묘목들 아직 남아
사라질 차례를 기다리고

사랑하는 ××아
×× ×× ×× ×× ××× ××× × ×× × 같은데⋯
                                    엄마가

덤프트럭이 지나간다

우유를 마셨어

완전히 없는 것
없지

정신이라고 했으니 하는 말인데
어금니가 썩었다고
길거리 벤치에 몇시간이나 앉아 있는 사람에게

사과나무치과를 추천했어
내가 그랬어

뼈만은 정신 잃지 않기를 바랐어 우유를 마시면서
아픈 데를 모르고 살다 죽게 할 순 없잖아
그렇잖아 왜 놀라

출근길의 나는 햇빛에 기대 사는 얌체 같아
우유를 마시면서 빵을 베어 물고

길 건너면서 왜 두리번거리지 않는 거예요?
주머니에 손을 찌르고

사과나무치과를 알지도 못하면서

나의 마음 그 정도야 깔끔

애인들 모여 음악 감상하는데
일하러 가는 마음 그 정도야 하루하루

기분 좋은 멸망이 전깃줄에 앉았다 재빨리 날아간다

한 사람이 놀란 토끼 눈을 하길래
사과나무치과를 꺼내줬어

희진 않고 발그스레

더티 화이트

어느새 늙어버렸습니다

잡은 물고기를 바다에 띄우고 침을 뱉습니다 긴 의자에 앉아

머리부터 발끝까지 꼼짝 못하겠습니다 오징어와 헤엄치는 호랑이를 상상하다가는 금방 육지를 돌아보게 됩니다 야만이 되는 과정은 누가 가르쳐주나요 부풀고 소리치는 바다가 딴청 피우면

돛단배에 모닥불을 피웁니다

끝을 향하여 노를 젓습니다

갈 곳 없는 오후의 안구가 비었다

기다란 오후

너를 놀리게 돼

시원해

사랑해

놀아줘

흰 바다가 그랬었다

제 2 부

약자

이번 여름에도 세상을 구해야 하는지 몰랐다
멋지기를 포기하고

이분법의 선에는 괴물이 살고 시선이 가담한다
혼자란, 소외란, 기다리는 방향이란 그의 코를 길게 늘어
뜨리고

숙소 침대에 누워 낭만을 비웃으며 그에게 동조하게 될
줄 몰랐다
우리 아기, 보고 싶을 자격도 없지
가져본 적 없으며 가져본 적 없어서
오랫동안이라고 말하는 버릇

그의 머릿속으로 들어가 볼을 쓰다듬고 심장에 대고 말
하네
내가 너무 사랑했다, 가짜인 줄 알면서도

멋대로 야망을 가지고 떠난 것
살았던 마을에는 오래된 바람이 많았다
우리 아기, 잘 지내니

포플러나무 길에서 여름을 맞닥뜨렸단 이유로 아이가 성
장했을 줄은 몰랐다

그를 위해 자랑스러운 일 몇가지 남기자면
나한테 거짓말을 가장 많이 한 사람은 나였고
수술한 친구의 입을 보면서 웃었던 것
피를 틀어막고 있는 실밥 자국
빙그레

내가 말이야 꿈이 변했어
팔개월 정도 됐는데
믿으려고
현실적이랄까 미워하는 동무의 명치를 누르는 꿈을 꿔야
다음 날 살 만해져
근데 나에 대한 나의 오해를 말하는 나의 숨통은 어떻게
끊어야 할까

오랜만이군

개가 말을 옮겼어

배부른 이리
골수를 핥아 먹고 노래하네
먼발치에서

달리다 문득 만난 들판처럼

가을에서 여름으로

매미가 울음을 빨아 먹고

빨려 들어가는 장면

한번도 친구였던 적 없었다 계절끼리
배부른 물방울끼리
서로를 잡아먹고

멍게가 올라온 저녁 식탁에서 젓가락질을 하다 화장실로
뛰어갔다
　가족은 남아 식사를 했다

들판의 노루
도서관 뒤뜰까지 따라왔었지

내가 어딜 가고 있는 거지?
왼쪽 길에 하얀? 불빛?

배부른 이리
만나본 적 없는 너를 사랑해

죽여버릴 거야

재밌다 내가 아닌 사람들
무섭다 떠난 적 없는 꽃밭
집 뒤뜰의 작은 꽃밭

계속 ―

쏟아지는 피어남

긴 생머리, 민소매 티셔츠의

밖으로 나가세요 이건 꿈이에요
사람들이 황급히
바깥으로 나가고
테이블에
걸터앉아
여자가 화분을 보고 있다
가지치기를 해야 할까

가위를 줄게요 낮에는 만지기 쉬웠어요

여자는 가위를 들고 가지치기하지 않는다

기둥과 천장 전체가 어항인 카페에서
기둥에는 잉어가 천장에는 악어가 살고 있다

물속에서 동족을 뜯어 먹는 일이 종종 발생한다

악어와는 어색해
여자가 다리를 흔든다

잠에서 깨야겠어요
부탁입니다 괴로움은 너무 쉬워요
일어난 일을 곱씹으면 됩니다

고가구들의 오래된 카페에서 여자와 여기로
움직이는
치마로서 흰색의
커튼으로서 찻잔에 띄운

여자는 테이블에 걸터앉아 다리를 흔들고
지켜보던 내가 돌아서자
나와 내가 거울 속으로 빨려 들어간다

바깥으로서
여기
떠돌다 내려앉는 창문으로서 하얀 깃털

봄마다

여자는 딸의 손에서 다른 나라 사람 냄새를 맡고

도달하지 않은 횟집의 우럭, 내내 싱싱하다

사람의 형체에서 걸어 나가. 트럭을 모는 딸의 손을 잡고. 손가락 사이로 빠져나가는 자신을 고스란히 간직한 채. 명사를 명사로 둘 수 없던 시절. 소나무 아래서 훔쳐 먹은 철근을 게워냈다.

잠결에 내민 왼손이 철썩철썩 누구의 것인지 모르는 살을 내리치니
몸 전체나 약산에 꽃이 핀다 진달래였다

우리는 이제 어떻게 되는 건가요
주워섬길 말이 남지 않았는데
밤새도록 쪼아대는 새싹은 어떻게 된 일인가요

꽃 사진 찍기

보라매 공원의 봄이 절경이다
유순한 자연의 모습에 사람들이 카메라를 들이댄다 시합
같다
어리석어 보이고
그때는 내게 밤낮으로 전화하던 철수가 있었는데

십년 후에 보자

저 산에 할아버지가 두명 죽어 있다
할머니는 한명 죽어 있고 진달래를 보았을까

누가 우리 가문에 어울리지 않는 노래를 부르는가
회초리를 들고 나를 찾을 텐가

꽃가지 꺾어 와 종아리를 내리친다 그때
갈아 끼운 백열전구가 황새 되어 날아가고

그때 쏟아지는 나뭇잎의 비밀이 풀렸다
아내와 형수

돌과 색
라면과 침
개구리와 너구리
올빼미와 부엉이!

말과 글을 구분하는 황새에게 어울리는 개천을 보았다
그건
퍽

퍽 평화로웠던 그때
한입씩 뜯긴 지느러미를 달고 잉어 가족이 나들이에 나
섰다
찰칵

머리 긴 사람
머리 짧은 사람
꽃나무 아래 서서 꽃 사진만 찍는다

아냐

꽃 사진을 찍는다
숏커트 펌 롱헤어 펌
꽃 사진 찍는다

구름의 그림자들이 거대한 바위로 된 산맥 목구멍을 노곤하게 가로지르며 배회했고, 전나무로 뒤덮인 산맥 옆구리를 더듬었다. 그날들 이후로 나는 여성의 체모를 볼 때마다 늘 이 말을 떠올린다. 낙엽성(落葉性)?*

체모 끝에 맺힌 핏방울이 떨어지는 모습을 본다. 쪼그리고 앉아 앤 카슨의 저 물음표 아래로 이 말을 떠올린다. 다음에는? 집짓기. 누군가 바깥에서 나를 안으로 밀어 넣었다. 약속된 냄새. 곰팡이 핀 바닥 닦기. 청소솔을 손에 쥐고 있다. 올빼미 겉핥기. 이것이 솔과 닮은 글자. 해, 매, 모. 조류도 생리를 하나요? 검은색 동물들이 모여든다. 눈을 반짝이며. 옆구리 살갗을 할퀴며 청설모가 지나갔다.

* 앤 카슨 「독서에 대한 짧은 이야기」, 『짧은 이야기들』, 황유원 옮김, 난다 2021.

신나무

맥락을 보여주는 겁니다. 한약재가 될 뻔한 녀석이죠. 굴다리 아래 실개천의 어린 자라. 그리고 첨벙거리는 아기 호랑이가 있습니다. 사무실에서 사무원은 잠이 들었어요. 잠에서 깼고 잠에서 깬 후로 마찬가지, 그대로 있습니다. 순간, 바위 동굴에서 바깥으로 나왔고 나오자마자 보이는 흙에 깃발을 꽂았습니다. 책의 혈관이 터졌어요. 피를 뿜고 있다고요. 가로등에 나방이 꼬이기 시작합니다. 우리는 여자의 뱃속에서 살아서 나왔습니다. 무슨 뜻인지 알겠죠. 경황이 없었습니다. 밑동은 남겨두고 잘라냈던 이유가 있겠죠. 족쇄와 헛디딤은 각각 다른 이야기, 그런데 결이 같은 농담. 두눈 부릅뜨고 낭떠러지로 꺾어지고 말았습니다.

서교미래사랑

닭이 된 엄마에게 모이를 준다
아이는 뱀을 배려하는 방법을 모른다
우리는 이전에 도마뱀을 뜯어 먹었다

누나는
꽃다발을 풀어 목욕시키고
나비에게 양산을 씌워주고
낮에는 양털을 깎았지

할아버지, 아프지 말아요 겨울에는 슬프지 말아요

할아버지, 여섯번째 죽음을 맞이하다

물고기들이 어떻게 지내는지 꽃의 나라에서는 어떻게 시
간이 흐르는지
국화는 영리하니까 가방에 넣지 않는다
물고기들이 잘 지내는지, 공기를 건드리며
발화를 익히며

갑자기 코끼리가 울었다
사람의 머리를 생각하다

이

태양이 자신에게 털을 느낀다

폐렴으로 학교에 가지 않은 날
머리에서 이를 집어냈다 엄지와 검지 손톱 사이에서 이가
피를 뿜으며 죽어갔다

그때는 할아버지가 살아 있었다

연못이 가렵고 연못이 잘해주는데 그저 마음 마음 인간관
계에서 점점 도태되는 것을 느낀다 필요치 않다

강물 따라 흘러가는 죽은 물고기처럼 빛에서 그렇게
제법 조용한 얼굴로

편의점 가판대에 엎드려
은행나무를 보았다
연못을 보았다

머릿속에서 파란 바람이 분다

곧고 검게 누운 애인이 둥둥 떠다닌다 어둡지는 않은데 미끈거리고
　상관없이 물보라가 일고 머리통이 얼어가네 일렬로 흘러가 일렬로
　일렬로 모퉁이 돌아
　악담이 들려오는

　정원에서 흰 손이 자란다

　가수가 싫어졌어
　나한테 올래?

　모퉁이가 얼어가는 정렬

　일렬로 걸어가기를
　비틀거린다 꿈을 꾼다
　빛이 훑고 지나간다
　쏟아지면 그러면
　나한테 올래? 내가 다시 잠이 든다 해도

헤헤헤

개미가 살갗을 기어다녀요 간지러워요 얼른 손으로 집어 땅으로 내던져요 개미는 가볍고 다치지 않아요 모두 다른 개미지요 그래 보여요 개미의 신경계는 당황했어요 개미의 신체 기관은 도대체 크기가 얼마만 한 걸까요 쟤가 피하는 군요

버스 정류장에서 나는 정말 참을 수가 없었어요 웃음이 났어요 웃는 내 모습을 보았어요 날 보는 동안에도 웃고 있었다고요 닮았어요 교복 입은 내가 수업 시간에 웃다가 복도로 쫓겨나요 복도에서는 웃음을 참을 수가 없다고요 운동장 한복판으로 쫓겨나죠 유배를 떠나는 거죠 미치겠어요 웃음을 참을 수가 없어요 운동장 한복판 인조 잔디 위에서 고개를 젖혀가며 웃어요 눈물이 찔끔 흘러요 계속 웃어요 창문으로 친구들이 손 흔들어요

이리 오세요 술집이네요 마주 보고 앉아 있어요 너는 순하네요 너는 나를 만난 적 없을 거예요 이놈의 망할 웃음이 또 터지네요 친구들은 과월호로 떠났어요 이런 노래 알아요

산에 올라요 눈이 붉고 체구가 작은 산비둘기 같이 보아

요 좋아요 인격을 부여해요 인격체가 날아가요 앵앵 벌 있
어요 앵앵

　그러지 마요 같이 앵앵앵앵앵앵

왕족 중국 마사지

길에는 나무꾼이 수풀로 뛰어들어
곁에서 흥에 겨워
누군가 틀어놓은 라디오를 매일 들어
그게 나라던데
가차 없는 인기척이 나라던데
설마 하네
기염을 토하는
졸졸졸졸
바위 곁에서 왕족은 나들이 중이고
여실히 애쓴 황태자비는 팁을 낼 것인가 아름다운 그것을 말이다
그렇게 자꾸
내가 말하네
귀신같이 알은체하고
그들을 몰아 이층에 차려놓은
은밀한 그것을
내 알아내겠소
그들은 상황이 어떻게 돌아가는지 다 알고 있다
아름드리

그들은

매우 약소하지만 나를 좀 바치고 싶다

졸졸졸졸

기염을 토하는

말이 말했다 "밤에 비가 올 거야"

풍경 안에 날씨를

졸졸졸졸

우리 안에서 만지고 아

아 ―

푹푹 빠지는 풍경 안에서 왕족은 나비 문양 실크

옷을 입고

날아가는데 어쩜

그려지고 만질 수 없는

어쩜

어쩜 그들의 말소리가 약해지다 멈춘다

냇물만 남아

겨울을 옮겨 다닌다

쑥 찜질

강아지풀 자라나 안식처에서 놀았다
얘들을 만지고
두려워도
몸통 빽빽이 돋아난 털이 간지러워
땅에 뒹굴며 추웠다

이번에는 까마귀떼 등장
일제히 날아오르는 척

어처구니없었다
한때는 잘못했다고 내가 전부 잘못했다고 이를 악물고
참았다

역시 그건
안 될 일이었다

모두를 위하여
춥지도 참지도 말아야 했다

이를테면
고양이가 부르는 소리에 돌아보면
고양이 가족이 인사를 나누고
대장 고양이가 급식소로 들어가 밥을 먹는다
작은 고양이가 뒤에서 기다리다
더 작은 고양이의 입을 핥자
어린 고양이가 급식소로 들어가 밥을 먹는다
대장 고양이가 그만 먹는다

행인이 짱돌을 든다
하지 말라고
하지 마
온몸빽빽이돋아난그것
자멸

친구의 그런 말

술집 여자 이름 같다

내 이름이 더 술집 여자 이름 같아
미란은 개명했고 나는 문득 벙커에서 나와 언덕 아래를
바라본다
우리는 어떻게 그런 말을 했을까

꿈에 빛나던 블랙
사슴벌레의 등껍질, 프라다 리나일론 호보백의 광택
눈빛과 공기 사이
화창한

나보다 좋은 여자 만나
엄마 아빠는 쌍방 바람을 피우더니 이혼했어
너는 성우가 되지 않았고
전설의 프로젝트 그룹 〈아이원츄〉는 실패했다

좋네
아침에 노르웨이숲고양이 포획 장면을 보았다

다 알고 있었어
그럴 수 있으니까

우리는 처음 온 카페에 마주 앉아 있다
좋네
사람들 사이에 이렇게

말 많은 너의 이야기가
부쩍 말이 많아진 너의 이야기가
가득 차올라
빛과 함께

고유감각

먹다, 그저
지저귀는 소리 날쌔다 따뜻한 냄새 내게 오다
읽다, 야만만큼
넘치다, 부레
먹다, 자연은 몸이 아파
여기 있다, 그저 너만
담소
하는

언어를 뛰어넘는 아름다운 언어
언어 없는 언어

있고
먼 밭에
저 먼
바로

제 3 부

산사람

그냥 구름이야 손도 없고
n양이 내 목소리에 대고 말한다

며칠 후

산을 바라보며 산에
엄마와 오르고 있는 산에
울먹이는데 산이
엄마가 웃었어
목덜미에 모기가 득실거린대

재밌다

며칠 후

관리사무소를 지나는데 몸에 땀이 흥건했어
내 곁에 잠시 머물다 노래 불렀지

산이 가까워

입안에서 이가 시리대

산에 올라 n양은
오지 않는 마음보다 기다리지 않는 마음 옆에 서고 싶대

며칠 후

n양은 또 산에 가고 만다
꿈속이 해부하는 돼지감자의 온몸이 흥건하다

산의 자리에는 원래 산이 있고
산양 속에 살고 있는
벌레의 신호에 여름이 어디까지 파고들었는지 알 수 있
는데

며칠 후
n양이 짐작한 대로 뽀얗게 눈물 흘린다
알같이
살얼음같이

말코빛개

은은 불이 난 곳을 가리킨다

그런 심경에 네가 몰리지 않았으면 좋겠는데
움직이는 여기
아이가 숨어들고
염소들이 불이 난 오두막으로 돌아가고
몰아냈던 장면들
언뜻
여기 없는 것들
있었고 좋아했는데
놔두고 돌아서도 살아가는 것*들
아직 태어나지 않은 아이의 이름이 등에 걸려 있다
(건강해)
유진아
까만 연기가 하늘을 뒤덮고 그 아래 오두막으로 염소들이
향하고 있는데
멈춘 채 향하는 것
알아
내가 네 옆에 있는 것

알아

유진은 알아 유진은

익숙한데

당연한데 입을 틀어막는 염이 있고

불길을 잡으려고 할 때마다

그것들은 잡혔는데

목초지를 달려 은과 불을 말렸는데

힘껏 달렸는데

목초지는 그저 멀리서 본 목초지고

그대로 멀리 있는

잠들기 전에 아이는 꼭 같은 말을 했어

알아들었지만

항상

그렇지만

(항상)

* 안태운 「사랑을 굴러가게 한다고 그런 사랑이」.

그냥

베란다 난간 위로 비둘기 두마리가 날아와 걸어 다니고
실외기로 건너갔다가 돌아오고
멈춰 울다 날개 펼쳐 짝짓기해
비둘기 부러진 두 다리
휘어진 빨래 건조대에 아무렇게나 널린 티셔츠와 속옷들

추측

너는 그럴 거야 너는 나를 기억할 거야

내가 태어나고 한 사람이 창문 없는 방에 들어가 나오지
않는다
　명령하고 싸우고 여자의 세계에서 가능한 일을 저주하고
끄덕이면서

　껍질을 벗겼더니 사과가 비었다 은평구에 사는 김혜진씨
를 만나러 가기 전에 낮잠을 잤다 그리고 깨지 않았다 영원히
　깨지 않은 채로 컵을 들었다

　물을 쏟아내며 살인에 대해 생각한다

　창밖의 나무, 선명한 벚나무, 벚꽃이 흐드러지고 벚꽃이
흐트러진다고 들려오는 온갖 속설
　여자를 사랑하기 위해서 여자에게 약한 모습을 보이고 아
무렇지 않은 척했어

　섬뜩한 건 모두 사람 같을 때 압력솥이 끓기 시작하고

사람이 춤을 춘다

식탁 위에 카나리아가 피어 있네
내가 가져다 놓은 게 아닌데

흔한 병이야
아무도 아프지 않게 하는 것
변명에 눈을 뜨는 것

사람들의 입이 파랗고 나의 입은 글쎄
길고양이가 울지 않는 틈을 타 아침이 스며들고 있어

나의 기능이 수호라면
여름에는 다분히 긴 밤을 지새우고
창밖을 내다보며 새벽 거리를 걷는 사람들의 머릿수를
세고
떠나가는
발걸음 소리를 듣고 그렇게
일과를 마쳤으면

마음이 하는 거짓말을 듣키고 싶지 않은데 건망이 하염없이 깊어진다

잊지 않아야 해 다 헷갈릴 때까지

맑은샘이비인후과

비 오는 날에는 거리가 온통 산짐승 같아
산에서 산이 울고
짐승이 된 거리가

노래하는 건가
맑은샘이비인후과
그런 것 같아
맑은샘이비인후과

시끄러워!

저 집의 쌓아놓은 장작더미로
비가 내리네
비
비린
짐승
어린
비
냄새

불타는 땔나무 속에서
태어나는
비밀
맑게 갠 하늘

유전

   할머니가 젊었을 때 버스 정류장에서 할머니는 늙었다고
할머니라고
   죽지 않고 오랫동안 할머니라고

너는 나를 미워하고도 괜찮겠니
나는 괜찮니

괜찮…니

다람쥐는 빨간 물과 노란 물을 갖고 있으며
피와 체액이라고 부르는 색들이
벌레에겐 없다

그러니까 다람쥐에게는 뇌가 있고
빛이면
빛이면 좇아가고
정말 너니?
우리가 너를 알지 못하는 것처럼
너는 나를 알지 못하니?

엄마 다람쥐, 아기 다람쥐
다람쥐 가족에게는 입과 생식기와 콧구멍이 있고
우리의 오줌은 하얗고

우연히 비가 내리지 않는다
그것은 어느 날 중국 식당에서 본 비였다

고양이의 책

몇몇 지성인들은 고양이를 키운다 자신의 머리와 친구가
되길 기대하면서
야생이 교육되는 것을 경멸하면서
잠깐 책을 덮고 고양이를 쳐다보면서 고양이를 부른다
집에서 기른 고양이가 다가온다

고양이는 한권의 책을 탄생시키고
책은 고양이를 변화시키지

야옹이가 죽는 날에도 책을 읽었다
주인의 품에서 고양이는 이야기가 되었다가 책으로 떠나
갔다

보호자였던 그가 사라지고 고양이는 남아서 책 위에 올라
앉는다
작은 잡식동물인 척
노리개인 척
타오르는 불
우리 가계에 단 하나인 박사

mmm, 있어

.

내게 덧신과 외투를 입혔지

왜 나를 찾아왔어요?
친구가 아니라서?

태곳적에는
아침저녁으로 먹이를 취하고
낮에는 볕이 잘 드는 곳에서 휴식을 취했어요

설치류의 풍성한 꼬리? 동면 시 스스로 체온을 유지하죠
긴 시간 울타리 안쪽을 방치했더니
무성하기만 하고
빈집은 잘 지내니
방치했더니
다녀간 사람들 물끄러미 쳐다보죠

나는 명석하고
사람의 두개골이 반파되는 걸 보기도 하고

비극은 왜 인간의 것이에요?
친구가 있어서?

거기에서 왜 뛰어내린 거예요?

없었던 냄새
없었던

뭐가 있다는 거예요 그런 게 뭐가

수군거리는 화단에서
추웠다가 놀라웠다가 구석에서
매일
벌레를 날름 훑어 삼키는 흙들

한입 베어 물고 뱉은 단밤에 몰려들었다가
분주하게 뜨거웠다가
몸에서 털어낸 것은 개미의 배
부분이었는데

그것에는 심정이 없었다
수없이 많다는 그것이

날아서
부서져
귓속으로
잘게 찢어져

아빠 아빠 아빠 아빠 아빠 아빠

누가 계속 내 이름을 불러서 그만
오늘 아침에는

닫힌 마음

잘됐어요 이제 옷을 벗어요 충분히 다정했어요
조만간 연락할게요
그러지 말지
거짓말을 하고도 안심하고 싶었어요
그래서
문학경기장이라니
그렇군요
예술회관부터 걸었고 도달했더니 벌레가 많았어요
벌레만
물렸죠
무엇보다 닫힌 마음이 필요했어요
그건 너무 가벼운 건데
경위가 필요했던 모양이에요 뜬금없이 나타나는 뭐, 그런
떠올랐죠
그저 닫혀 있는 것 아니었나요?
화장실에 왔어요 괜찮죠
계속 사랑할 생각을 하세요
마음은 그렇죠 두드릴 수 없는 건데 통과할 수 있나요
고이고

고여서 물때가 끼고
청소를 해야만 하고
어느 날 고모는 락스를 두통이나 마셔버렸어요
살았죠
죽은 건 고모부였어요
골목길에 까마귀가 많았어요
잊지 못할 거예요
어떻게든 그렇죠
상상은 슬픈 거예요
어떻게든 그렇죠
글자 없는 바다를 날아다녔어요
이렇게 믿고 싶어요

메로구이

창밖에 양떼를 수놓고
나비를 띄워

개수대 앞에서 설거지를 하고 있을게

그러곤 곧장 창문을 열어 화가 난 사냥꾼을 부르는 거야
나 때문에 죽인 거야?

내가 있기 때문에
있는 집 앞

식탁을 닦고 솥에 쌀을 안치고 프라이팬을 데우고
거위 문양이 수놓인 커튼으로
햇살을 가리면

온 집 안 가득한 메로 탄내

접시에 김을 담아 상을 차릴게
달걀과 햄이 든 봉지가 노랗게

잠들었다가
우리가 먹는 모습을 바라볼 거야

오늘 어땠어?
같았어
내일은 일찍 나가야 해
김으로 밥을 감싸면서 대답할 거야

오늘 있었던 일을 얘기해주지 않으면서
간혹 얘기해주면서
아깐 왜 그렇게 화가 난 거야
달래면서

너구리가 무슨 죄야
지난번엔 외투에 빈대를 옮겼던데
슬쩍 웃으면서

삶의 어떤 기술

여리고 느린 음악으로 무장하고 싶다
끝내 사라지지 않게

밤새도록 거미줄에 매달려

무심하게 소용돌이치는 평화
피부를 찢고 돋아난 것

허리춤에서 비릿한 냄새가 나
견디고 견디며 태양은 붉어졌고 알은 익었지

나무는 서 있기로 한 건가 인간을 도저히 미워할 수 없으
니까
어젯밤 기록한 문자를 나열한다 기념이 지워진 자리에 숫
자가 남아 있다

무지개 나비와 무지개 새가 무지개를 이루는 동네

세상을 미워할까

지금 달리고 있는 저 차가 인간을 치기 위해서 달리는 거
라고 생각할까

말이 안 되는 마음

당신은 머리를 감았다
어쩔 도리가 없었다
궁지에 몰렸다
머리가 가려운 일은 두번 다시 없을 것이다
그때 카페 의자 아래 비듬이 쌓여 있었다 자리에서 일어난
후에야 알 수 있었다 돈가스 빵가루 같은 비듬이 수북했다

계란물을 입히는데 나 지금 아퍼
감기야 씻고 싶어 땀을 많이 흘렸어 침대에 진드기가 있
는 것 같아 가려워

어떻게 된 일일까 방금 씻고도 씻지 못한 그는
방을 넘나들며 씻을 기미를 보이지 않는 그는 고열에 시
달리고 있다
그래도 될까

그때 그는 그림자를 부둥켜안고 놀고 있었다

언제까지 사라진 상태로 나타날 수 있을지 모르겠어

동등한 관계로 마주할 수 있다면 의자 아래 비듬은 나에게 가려움을 줄 수 있는가

그때 친구는 노는 무리의 우두머리가 죽었고 학교를 그만두었다고 말했다

있잖아
모른 척하고 싶은 마음
파도에 쓸려 가는 마음
파도의 흰 거품이 밀려들고 잘 보이고 싶은 마음
아무것도 아니고
아무도 아닌데 나를 지배하는 마음
너무 잊고 싶은 마음에 계속 나타나는 사람

그때 카페 이층에 나는 앉아 있었고 화이트 톤의 넓고 깨끗한 실내가 마음에 들었다 그가 나를 마음에 들어 했다

그가 일어선다
그때 벨이 울렸다 나는 일어선다 화장실에 가고 싶다 여자 화장실은 일층에 있다 영어학원에 다녀오는 길이었다

없어

날아가는 두루미의 모가지를 보았다
모가지만 눈에 들어왔다
어디니
생의 비밀아
좁쌀같이 소중하고
야단맞아
괜찮나 두리번거리는 것

몇번 묻고
그만 물어요 그만 먹고요
컵이 깨졌다
언제 오니
몇번 묻니

힘없이 맹렬한 모기와
통유리창에 서린 사람들

없어지라고
눈앞에서 사라지라고

내가
그랬던가

힘없이 맹렬하게 자국을 남기고

미안해 엥엥 어디가 아프니 너어어어어는 너너너너너너
너느으는

길고 좁은 통로의 연기가
자연히 풀린다
무슨 일이니
몇번 묻고는

잃어버리러 산중에
미량 잃어버리러 목소리
산중에 미량 잃어버리러

독립

인간의 생각이 희미해지기 전에

여기서부터 이야기하자면 나의 사랑하는 벌레는 죽기 전
에 방바닥의 한줄기 빛으로 기어갔다
다리가 여섯개인 녀석은 마지막에
맨 앞 두 다리밖에 사용하지 못했다
나머지 네 다리를 끌고 빛으로 본능적으로 기어가던 그는
나의 사랑하는 벌레는
하얗고 검은 우아함을 남겼다

어떻게 인간이 되었나요
서러움과 추위를 자주 느꼈습니다

겨울이 오면
봄이 찾아오면
계절과 상관없이 나뭇가지에 새가 날아와 앉고
계절이라는 듯이
따라다니는
아이들이 구세주 놀이를 하자고 했어

껴안으려는 두 팔이 구세주라면
몸이 무서워

내가 지켜줄게

내가 뛰어 들어왔다
미안하지만 아무것도 아닐 수는 없었지

다 자라난 풀밭에 식탁을 놓고
의자에 앉아

미닫이문 밖으로 깡통이 굴러다니는 이 밤을 굴러다니고
비닐봉지 쏠리는
이제는 영원히 괜찮을 냄새를 생각했다

매일 창가에 앉아 있어

누가 오든 오지 않든
귀는
(응, 코는)

사무실 커튼 너머로
사무실 난간 너머로
층층이 쌓이는 소리가 나타난 것이다

웃음이 나고 반갑고
어제 힘들었어
이런 말도 하고

점심 먹자 혼자 먹지
다가와서 들어가고, 창밖에서만
그렇게 좋은 거지?

아침에는 냄새 맡고, 코가
맞는 거지?

앉아 있는 그게 뭔지 모르겠어
영원히 오지 않았으면 좋겠는데
탄 냄새 아닐까
그치

소리 같은 소리
'살며시'
속삭였지?

시간

네가 빠져나간 빈방에서

구석으로 몰린
흔적 없는
네가 오길 기다리다가
나 없이

식탁에 앉아 오늘의 햇살을 누리고

밥을 먹고

같이 웃고

원하면 울었어

제 4 부

해운대 바닷가 소리회

아침은 너무 멀어
웃음
기다렸지 웃음
파도
길었던 하루
파도 키득
웃음 묶음 파도
파도 가르는
소리 파도
투과
쓸려 가는 모래
모래 해변 쓸리는
저변에 깔린 사람들
끌어내려
바다
넘치고 밀어넣는 바다
비명 바다
바다 비명
기어이 바다

말하지
다른 문을 열고
파도
다가가는 빗속에
비처럼 낯선
바다
듣는
파도
?
??
!?
…
다시
파도만
물속에 잠긴다
물 밖의 해변
가녀린 해변
부딪치고
덤벼들어

물방울 묶음 투척
잠잠한 물의 바다
다가서다 펼쳐진다
파도
네 다리 펼친 갈색 짐승 떠다니는
잠음 바다
바다 잠음
빨아 당긴다
고여 들어간다
빨아 당기는 것으로

지우개의 마음

포클레인과 바다에 갔다 지우개의 의기소침에 연연하는
동안
지우개는 바다를 바라보았다
백합으로 된 종이가 나를 떠나겠다고 시위하며
서 있었다
모래가 되어가는 동시에 무너지는 모래
아무래도 좋지만 제발
보내고싶은마음

바다 냄새가 멀리 갈까 바다사자가 멀리 갈까
×

노동의 이유 따위 포클레인에게 중요하지 않았다
생겨먹은 게 전부인 세상에는
갈매기가 있고
구름이 있고
선생님이 있고
선생님은 나의 동생이다
우리 개는 암컷이며 짖지 않고 다리 한짝을 들고 마킹한다

× 생겨먹은 게 전부인 마음
나비 날아들어 모래사장에 착지한다 가위 표시
지우개의 마음, 삑
엑스

공사장에서 돌아온 지우개는 바닷가에 남아 있는 포클레
인에게 화가 났다
나는 모래가 들어가지 않는 운동화가 필요했다
관광 안내 소책자에서 보았던 해변이 필요했다
지우개를 가두기 위해서
날뛰는 지우개의 단편소설 집필을 막기 위해서

×,
어제는 글을 쓰지 않았다
작은 소동이 있었다
동생이 돌아오지 않겠다는 전갈을 보내왔다
우리 개를 데리고

답장을 썼다

네 마음 이해해 돌아와줘 모두 없던 일이야 네가 글밥이
되는 일은 없는 거야

녹은

아침에 자주 했던 말
밤새 온 유리가 녹아서
그랬던 사실을 난 잘 몰라
반갑게 인사하자
좋은 자리에서 한쪽 눈을 비비며 괜히 어색하면
그렇게 해도 좋지
앞에 놓인 커피를 네가 대신 마셔도 좋지
아무도 없는 곳에서 슬기롭게 인사하자
그렇지 않아
풍경은 없어
견고했던 그것은 너를 통해 나에게
와서 풍경은 없어
보석이 좀먹고
도축장의 기생충이 우리를 쳐다볼 때
인사하고 나가면서 손잡자
나를 보았다
하자
펼쳐진 사과 껍질을 보았다
하자

다른 음악에
고개를 끄덕이면서 박자를 맞추면서
몰라도 되는 가사를
같이 말하자
달고 검은 그때
보았다
한다
검은 형체 머리 위에 녹은 그리고
그
위에 녹은

즐겁다

더듬다 발음이 새는 것도 모르고
문득
아, 청량해

징그러워…

그때 있었던 일은 착각인가
나라를 불러오던 깊숙이 언덕 눈 있어요?
살에 잡힌 물집들이 너무 아름다워

작업 노트
깊은 밤 욕조에서 물장구를 치고 있다 미끄러운 물 미끄
러워
이제껏 본 적 없는 인물이 탄생한다
네가 사는 세계를 느끼고 있다 우정을 나누고 있다 네가
사는 세계
조금씩 경험하여 경험하는 일에 더 몰두하려고 한다 네가
좋아하는 방식을
경험하고 싶다

생각에 가까운 너와 물속에서 끊어지고 연결되기를 반복
하며 과거와 현재를 맴돈다
　시간에 가까운 너와 결정적인 순간에는 대화하고 싶다
　채팅할까 우리 그럴까
　공교롭게도 지금 하얗게 질려 있다 구토하기 직전의 모습
처럼
　네가 헛구역질을 하고
　고마워
　고마워
　가지 마 달래는
　너에게 감사한다
　이미 물거품인 너에게
　산산이 해체된 네가 뼈만 남은 모습으로 세상에 있다
　네가 물속에서 죽고 살아 있기를 반복한다
　여기에서 사람과 관계할 수 있을까 생각 속에서
　아무것도 하지 않는 방식으로
　자신은 죽었을지도 모른다 불안에서 사람을 사랑하는 자
신을 끊임없이 발견한다
　너를 믿고 너의 선택을 기다린다

돼지 없는 동물원

비열한 인간 같으니라고
소녀는 울지 않는다

어깨가 굽었고 재수 없으며 매일 아이스크림을 먹는 통에
소녀는
이가 시렸다
오늘은 따끈한 돼지국밥

새우젓에 힘입어 언젠가
너를 혐오할 것이고
긴 밤에 이르러 너를 저주할 것이고
너를 망하게 할 것이고

너는 떡이 진 앞머리를 헝클어뜨린다
먹지 못할 이유가 전혀 없어
어떻게든 버티고 싶은 동안에는 종종 백조를 보았다 그렇
지만 하루에 머리를 두번 감는 친구는 떠나갔고
망개떡 맛집을 갈 수 없었다
어쩌지, 돼지국밥이었던 나의 소녀가 나를 먹고 있는데

...

그때는 농담이 지나쳤다
그때 돼지 없는 동물원에서 견학 나온 소녀의 뒷모습을
찍었다

잠시 과거에 잠겨 있는 동안 소녀는 조금 더 말라 있다
그때는 내가 변하지 않길 바라는 사람들과 함께 있었다
군인 두 명이 문을 열고 들어온다

돼지국밥집을 나온다
잠이 쏟아진다 소녀를 지운다
개를 옷에 묻는다

박하사탕에 내리는 소나기*

최다영

1. 사라진 친구들의 '있음'

수목 위로 내내 비가 내리고 싱싱한 물 냄새가 가득한 만큼이나 윤유나의 시는 감각과 이미지의 직관적 연상을 따라 자유롭게 흘러간다. 또한 없는 것을 있게 하는 양상들이 눈에 띈다. "과일 깎는" 모습이 "형체 없는 마음에 모양을 주려"(「결혼 없이 하지」)는 일에 비유되어 무형의 마음에 유형의 실체를 입히는 모습으로 그려지는가 하면, "가짜인 줄 알면서도" "가져본 적 없"(「약자」)는 아기의 안부를 물으며 무형의 대상에 대한 사랑을 드러내기도 한다. "아직 태어나지 않은 아이"(「말코빛개」)와 같이 먼 미래의 몫으로 예정된 장

---

* 윤유나 「채소밭에서 잠수 연습」, 『하얀 나비 철수』, 아침달 2020.

면까지도 현재의 '있음'으로 받아들이는 것처럼 보인다. 물론 실체가 없는 대상을 실재하는 것처럼 여기는 이러한 '없음의 있음'은 윤유나의 시 세계가 자주 꿈속을 배경으로 하거나 여러 시간성을 넘나들기 때문에 가능한 것이겠지만, 무엇보다 화자들의 상상하는 능력에서 비롯된다.

작업 노트

깊은 밤 욕조에서 물장구를 치고 있다 미끄러운 물 미끄러워

이제껏 본 적 없는 인물이 탄생한다

네가 사는 세계를 느끼고 있다 우정을 나누고 있다 네가 사는 세계

조금씩 경험하여 경험하는 일에 더 몰두하려고 한다 네가 좋아하는 방식을

경험하고 싶다

생각에 가까운 너와 물속에서 끊어지고 연결되기를 반복하며 과거와 현재를 맴돈다

시간에 가까운 너와 결정적인 순간에는 대화하고 싶다

(…)

이미 물거품인 너에게

산산이 해체된 네가 뼈만 남은 모습으로 세상에 있다

네가 물속에서 죽고 살아 있기를 반복한다

여기에서 사람과 관계할 수 있을까 생각 속에서

아무것도 하지 않는 방식으로

자신은 죽었을지도 모른다 불안에서 사람을 사랑하는

자신을 끊임없이 발견한다

너를 믿고 너의 선택을 기다린다

—「즐겁다」부분

  욕조에서 혼자 물장구를 치는 '나'에 의해 물의 형태가 다채롭게 변화하는 가운데, 물결이 흩어지고 부서지는 모습은 '나'의 상상이 물성을 입기라도 한 듯 "이제껏 본 적 없는 인물이 탄생"하는 모습으로 그려진다. "모래가 되어가는 동시에 무너지는 모래"(「지우개의 마음」)처럼 욕조 속에서 물보라가 계속되는 동안 고요하던 물에는 형상이 부여되고 그 형상이 다시 물로 무너지면서 물-인물인 '너'는 "물속에서 죽고 살아 있기를 반복"한다. 이때 물은 마치 '나'의 몸속에서 출렁이다 흘러넘친 상상의 타래처럼, 그리하여 '나'와 다르지 않은 존재인 것처럼 '나'와 '너'가 "끊어지고 연결되기를 반복"할 수 있게 하는 매개로 작용한다. 그렇기에 '나'는 단순히 '너'를 만들어내는 데 그치는 게 아니라 '너'에게 다시 영향을 받게 되는데, '너'는 "생각에 가까운" 인물이면서 "시간에 가까운" 인물이기도 하므로 '나'는 "과거와 현재를 맴"돌며 자주 "과거에 잠겨 있"(「돼지 없는 동물원」)게 된다.

  한편 '나'는 욕조 속 상상의 친구인 '너'를 마주 보며 이처럼 "생각 속에서/아무것도 하지 않는 방식"으로 "사람과 관계할 수 있을까" 자문한다. 우정을 맺고 싶기는 하지만 인간 관계에 얼마간 피로를 느끼고 있음이 감지된다. 패턴의 예측이 가능하고 자신을 떠나지도 않는다는 점에서 안정감을 주는 상상 우정과 달리, 윤유나의 화자들은 "인간관계에서 점점 도태되는 것을 느"(「이」)끼며 현실의 우정에서 적지 않은 어려움을 겪는 것으로 보인다. 그래서일까, 윤유나의 시에는 많은 친구들이 등장하지만 이들은 대부분 이미 떠나버린 친구들이다. "친구인 줄 알았던 친구들이/사라졌"(「가족과 먹는 여름 김밥」)다거나 "한번도 친구였던 적 없었다"(「개가 말을 옮겼어」)는 진술은 우정이 끝나버린 뒤 그간 서로 나눈 마음의 무게가 얼마나 달랐는지를 알게 된 슬픔을 내비친다.

그렇기에 또다른 '없음의 있음' 양상이 나타나기도 하는데, "나를 지켜주던 친구들"이 없어짐으로 말미암아 "우리가 볼 수 없는 시간들이 있"(「결혼 없이 하지」)게 된다는 인식의 전환이 그것이다. 함께 축적해나가던 우정의 시간이 끝나버려 우정이 그리는 미래의 풍경을 이제 볼 수 없게 되었지만, 이를 '볼 수 있는 시간들의 없음'으로 정의하는 대신 찬란한 기억을 간직한 채 과거의 한 시점에 멈춰 있는 "오래된" "명소"(같은 시)에 빗대는 것이다. "여기 없는 것들/있었고 좋아했는데"(「말코빛개」) 중얼거리는 '나'의 모습은 그러한 돌이킬 수 없는 시절에 대한 애틋함과 빛바랜 행복을 짐작하게 한다. 또 '없음의 있음'에 대한 인식에 공간성이 중

요하게 부여되고 있음을 암시하기도 한다. "놔두고 돌아서
도 살아가는 것들"(같은 시)로 이어지는 다음 행에서 제시되
듯, 친구들은 이제 곁에 없을지언정 그들과 주고받은 추억
과 함께 나눈 마음은 여전히 그들을 좋아하는 마음이 거주
할 공간으로서 '나'에게 계속 '있음'으로 존재한다는 것이
다. 이와 유사하게 "사방에 널린 뇌와 마음"(「보람」)은 누군
가가 떠나가도 그의 기억들은 그가 머물렀던 공간에 자연히
뿌리를 내리고 자생하는 이 세계의 법칙을 보여준다. '나'는
없어진 이들을 사소하게 여기고 잊어버리려 하지만 그게 잘
되지 않는다. "아무것도 아니"라고 아무리 강조해봐도 "너
무 잊고 싶은 마음"(「말이 안 되는 마음」)이 오히려 그들을 계
속해서 불러낸다. 친구들이 떠난 자리에 이제 '나' 혼자 남
아서 장소처럼 여기저기에 널려 있는 친구들과의 기억을 살
아간다.

2. 자생하는 마음

구체적으로 이 시집에는 '있음-없음-사라짐'으로 이어
지는 독특한 단계가 있다. "완전히 없는 것/없지"(「우유를
마셨어」)라고 말하는 것에서 암시되듯, 무언가가 완전히 사
라지기 전까지는 '없음' 상태에 머물며 여전히 '있는' 것으
로 존재한다는 것이다. 가령 "없는 나와 말들이 지나"가고

"없는 세상의 묘목들 아직 남아/사라질 차례를 기다리고"
(「gas」) 있는 모습은 '없음'이 곧장 소멸로 이어지는 것이 아
니라 '사라짐' 이전의 상태를 의미함을 알게 한다. "사라진
상태로 나타날 수 있"(「말이 안 되는 마음」)다는 진술 또한 같
은 법칙에 근거한다. 이 '없음'은 없어진 대상을 여전히 좋
아하는 마음이 자신을 보호하기 위해 만들어내어 대상에 대
한 기억을 붙잡아두는 일종의 장소라 할 수 있다. 그렇기에
'없음'의 상태는 그저 환영에 가까운 것이 아니라 어느 정도
실체를 가진 것처럼 그려진다.

아래 시는 이렇듯 '사라진 있음'과 예정된 '사라짐으로서
의 없음'을 그리는 동시에 '사라짐'이 마음의 '살아짐'이 되
는 윤유나 시의 원리를 가장 명확하게 보여준다.

갈매기 하늘에 떠 있고 밀물에 배들이 동시에 출렁이
는 경치. 빛이고 물이며 잠인 바다는 시간에 출렁이고, 모
여서 물방울이 되고 자꾸만 모여서 물이고 빛이고 잠이었
다. 이 바다를 나는 용서하고 사죄하고 숨 쉬고 보자마자
나를 빼앗겨버리고 소리를 내보이고 웃는다. 정말 몰랐
어. 이게 다잖아. 나는 바다에 살지 못하는 것, 이게 다.
나는 바다를 보고 있고 바다에 살지 못한다. 살 수 없는 곳
을 보는 마음, 그냥 바다. 잠시 머물러 생활할 수 없는 건
얼마나 멋진 일인가.

달리는 차에서 바다는 금방 끝이 났다. 바다를 보기 전

의 나는 여기 없다. 달리는 차에서 꼼짝 않고 앉아 있는 여기 바다를 보았던 사람. 계속 바다를 보고 있는 사람. 그냥 바다를 보고 그냥 웃었던 사람. 그리고 알 수 있었다.

(⋯)

말하는 바다. 속에서 말하고 있는 바다. 글자 없이 어떻게 들어야 하는지 모르겠어. 바다 앞에서 얼굴을 들이밀고 바다의 말을 구연했을 때 바다가 잠깐 사라졌다.

바다가 눈앞에 있는데도 좋아하는 마음이 사라졌다. 살아야 하는데. 억울하고 분해서 견딜 수 없고 쓸쓸해서 도저히 버틸 수 없었는데. 내기가 끝났어. 좋아하는 마음이 완전히 사라졌어.

좋아하는 마음, 나는.

그래. 그냥 바다. 그냥 마냥 좋아하는 마음.

한번도 본 적 없는 경치. 아무 말 하지 않는다. 말하지 않는다. 전체이면서 동시에 아무것도 아닌 바다. 없는 바다. 비로소 눈앞에 나타난 바다. 검고 깊고 어리석은 바다.

—「그냥 바다」 부분

바다를 보던 '나'는 문득 자신이 바다에서 살 수 없는 존재임을 떠올리고 바다가 어떠한 인위적인 의미로부터도 자유로이 제자리에 있는 "그냥 바다"임을 알게 된다. 그리고 바다에 대한 이러한 인상이 마음에 깃들면서 현실적 풍경으로서의 바다가 끝난 이후에도 '나'는 "계속 바다를 보고 있는 사람"이 된다. 좋아하는 마음이 생기기 전까지 아무 말도 하지 않던 바다는 '나'의 마음에 자리하게 되면서 "속에서 말하고 있는 바다"가 되는데, '나'는 인간의 언어로는 번역할 수 없는 바다의 말을 "어떻게 들어야 하는지" 몰라 난감해한다. 그리하여 소통하고자 하는 의지를 들여 "바다의 말을 구연했을 때" 바다는 돌연 사라지고 만다. 이때 없어진 것은 '없음' 상태로 존재하고 있던 바다이자 그런 바다를 좋아하는 마음이다.

화자가 자신과 철저히 분리된 존재라는 점에서 바다를 좋아하게 되었다면, 인간의 언어가 섞여든 바다, 인간에 의해 해석틀 안으로 포획되고 의미화되는 바다는 더이상 "그냥 바다"라 할 수 없기에 좋아하는 마음이 완전히 사라진 것이다. 이때 '나'는 언젠가 바람과 했던 내기를 떠올린다. 이 내기는 첫번째 시집의 수록작*에서 언급되었던 것으로, "먼저 사라지는 쪽을 살아가기로"** 했다는 내용을 담고 있다. 있음-없음-사라짐의 단계에 따르면 '없음' 상태는 좋아하는 마음이 자기 생을 지속해나갈 수 있는 보금자리가 되지만, 좋아하는 마음이 완전히 끝나버린 '사라짐' 상태에서는 마

---

* 「애완 모리」, 『하얀 나비 철수』.
** "사라지는 쪽을"의 목적격 조사 '을'을 '이'로 바꿀 경우, 좋아하는 마음이 먼저 사라지는 쪽이 삶을 계속 살기로 했는데 바람보다 '나'의 마음이 먼저 끝나버려 원치 않는 삶을 계속 살게 된 곤경을 의미하는 것이라 읽어볼 수도 있다.

음이 살 수 없다. 바람과의 내기에서 진 '나'는 이제 마음의 '사라짐'을 "살아야 하는데" 더이상 살아갈 마음이 없으므로 이를 막막하게 느낀다.

그러나 시에는 다시금 전환이 발생한다. "좋아하는 마음이 완전히 사라"진 뒤에야 "비로소 눈앞에 나타난 바다", "그냥 바다"가 아니라 본연의 모습 그대로인 바다를 보게 된 것이다. 이번에 화자는 바다의 말을 들어도 "아무 말 하지 않는다." 바다는 여전히 "수다로 가득 찬 물"*이지만 화자는 그저 "들리지 않는" 상태 그대로 바다의 말을 "영영 듣고 있"기로 한다. 이처럼 마음속에 '없던' 바다가 '있는' 바다로, 다시 '없는' 바다가 됨으로써 '있는' 바다가 되는 정황을 그리는 이 시는 타자의 고유성과 그 거리를 존중함으로써 지켜지는 마음에 대해 사유하도록 이끈다. 어쩌면 '나'는 바다가 '그냥' 존재한다는 것을 넘어, "언어를 뛰어넘는 아름다운 언어/언어 없는 언어"(「고유감각」)에 대해 진정으로 깨닫게 된 것이 아닐까. 나아가 이는 비인간 타자와 친구가 되는 일이 "야생이 교육되는 것을 경멸하"(「고양이의 책」)는 한에서만 가능하다는 인식과도 맞닿는다. 인간의 장악과 의미화를 거부하는 비인간의 비동일성을 환기하는 것이다.

---

* 「해운대 바닷가 소리회」에서는 바다의 윤슬을 스크린의 노이즈에 빗대어 "잠음 바다/바다 잠음"과 같이 알아들을 수 없는 바다의 언어를 그저 눈으로 듣고 있는 모습을 그린다.

3. 야생의 육체성과 야만성

한편 비인간 객체가 소란하고 수다스러운 모습으로 그려지는 모습은 「그냥 바다」에만 한정되지 않고 시집 전반에서 발견된다. 이는 "지나간 것들은 모두 목소리를 지녔"(「피를 뒤집어쓰다」)다는 '없음'의 법칙에 근거하기도 하지만,* 무엇보다도 ── 지배적으로 등장하는 어류를 포함해 ── 대부분의 비인간 객체들에게 "인격을 부여"(「헤해헤」)하는 의인화가 빈번하기 때문이라 할 수 있다. 「더티 화이트」에서는 "흰 바다"가 "시원해/사랑해/놀아줘" 떼를 쓰는가 하면, 「산사람」에서는 '꿈'이 돼지감자를 해부하는 모습으로 등장한다. 여기서 '꿈'은 '잠'이라는 장소 안에서 활발히 생동하는 일종의 생물로 상정된다. 그런가 하면 식물이나 무생물이 육체를 가진 것으로 상상되는 장면도 자주 볼 수 있는데, 이때 중요하게 동원되는 이미지는 '피'다.** 모기에게 피를 빨

* 「그냥 바다」에서 살펴보았듯이 끝나버린 바다가 '없음'으로서 '나'의 마음속에 자리하게 되었을 때 바다는 무수한 말을 쏟아내기 시작했다.
** 윤유나는 첫 시집에서부터 피를 팔팔 끓이거나(「더 좋은 날」) 핏물 속을 헤엄치는(「꽃은 부엌에 두고 사람들이 코트를 입고 나간다」) 등 강렬하고도 중요한 이미지로 '피'를 활용해왔다. 특히 생리혈로 대표되는 '여성과 피의 관계'를 적지 않게 그린다.

리는 동안 피가 뛰는 자신의 몸을 선명히 감각하고 이를 통해 "육체됨을 느"(「보람」)끼는 건 '피'가 육체성의 상징으로 활용되고 있음을 암시하는데, 그도 그럴 것이 많은 객체들이 단단한 힘줄과 심장 박동을 지닌 것으로 그려진다. 책조차도 "혈관이 터"져서 "피를 뿜고 있다"(「신나무」).

　풀숲을 봅니다
　갑자기 칼날이 깨지는 일은 없을 겁니다

　물거리 포아풀 등등
　지난 계절 등등
　웃다가 갈비뼈가 부러졌다 풀 마디를 봅니다
　타자기 두드리는 엄지손가락 밑으로 검은 거미가 지나갔다 그 회사에서 파는 '싹쓸이 잡초 제거' 제초기를 본 적 있습니다 교회 오빠한테 문자가 왔다
　'할아버지 산소 벌초하고 아버지랑 나란히 앉아 있어'
　'응, 벌 없어?'
　교회 오빠가 학교 선배의 코뼈를 부러뜨렸다
　걷잡을 수 없이 우거져 있군
　지나간 것들은 모두 목소리를 지녔군요
　코피가 사랑이 무섭고 아름답고 가끔 젖어요
　(…)

눈코입 어디로 사라지는 걸까 이 짐승을 누가 데려다놓
은 게 아니라면
　조각난 풀들로 뒤덮인
　눈코입
　여기
　저기

　뿌리가 약한 것들은 뽑히기도 합니다 겁에 질렸고 땅은
부드럽죠 빽빽한 곳에서는 회전이 많아야 합니다
　소원하다 잔디의 세력이 약해지고 있어요
　　　　　　　　　　　　　　　　　　—「피를 뒤집어쓰다」부분

　벌초를 했다는 '교회 오빠'의 문자를 받고서부터 그에 얽
힌 기억들과 벌초 장면에 대한 상상에서 뻗어나가는 여러
생각이 다채롭게 교차한다. 부서짐의 감각적 연상을 따라
전개되는, 깨지고 부러지고 조각나고 뽑혀 나가는 이미지들
은 다른 시공간의 사건들이 파편적으로 분절되었다가 이어
지는 독특한 논리를 축조한다. 칼날이 깨질 것에 대한 공포
에서 촉발된 조각난 칼날의 이미지와 "학교 선배의 코뼈"가
부러지며 흘렸을 코피는 형태적 유사성과 감각적 유사성에
의해 날붙이의 파편처럼 무참히 잘려 나가 풀즙을 뚝뚝 흘
리는 "조각난 풀들"에 입혀진다. 풀을 베는 동안 사방으로
튀었을 풀의 파편과 풀즙에 이전의 환유적 연상들이 전이되

며 산산이 쪼개진 채 피에 흠뻑 젖은 풀의 모습이나 그러한 풀 조각들이 얼굴에 달라붙어 칼날처럼 파고드는 모습을 연상하도록 한다. 피를 뿜는 풀은 일종의 수동 공격의 전이 양상을 보여주기도 하는 것이다.

같은 맥락에서, 야생의 야만성을 더욱 부각하거나 여타 사물들, 풍경에까지 적극적인 행위자성과 생생한 야만성을 부여하는 것도 빈번히 살펴볼 수 있다. '울부짖는 산'과 "짐승이 된 거리"(「맑은샘이비인후과」)에 대한 상상은 물론, "골수를 핥아 먹고 노래하"는 "배부른 이리"(「개가 말을 옮겼어」)와 같이 포식하는 이미지 또한 이 세계에 가득하다. 설치류 화자와 인간 화자의 발화가 짧은 단위로 교차하다 뒤섞이는 「mmm, 있어」에서는 '흙'이 "벌레를 날름 훑어 삼키는" 포식자의 모습으로 그려진다. 이렇듯 "야만이 되는 과정"은 "누가 가르쳐주"(「더티 화이트」)지 않아도 잡아먹고 분해되며 포식자와 피식자의 경계를 끊임없이 허물고 재구성하기를 체득하게 되는 지극히 당연한 자연의 순환으로 그려진다.

그러나 이러한 의인화와 육체성 부여, 포식성의 강조 등을 비인간 객체의 감수성에 공감하고 공생에 대한 새로운 시각을 도모하는 생태 윤리로 선뜻 연결하기는 어렵다. 그보다는 억압된 공격성의 발현이거나 수동 공격의 표출에 가까울 때가 많기 때문이다. 이와 관련해 화자들의 독특한 태도에 주목해볼 필요가 있다. 공격성으로 충만한 모습으로 그려지는 여타 자연물들과는 대조적으로, 윤유나의 화자들은 온 힘을 다해 제 안의 공격성을 참는 것처럼 보인다. "너를 혐오할 것이고/(…) 너를 저주할 것이고/너를 망하게 할 것"(「돼지 없는 동물원」)이라는 혹독한 저주는 분노가 얼마나 누적되어왔는지를 짐작하게 하지만, 오히려 화난 친구를 달래는 역할을 도맡는 것처럼 보이기도 한다(「메로구이」). 스스로 이러한 인내심이 합당하지 않다는 걸 알면서도 "잘못했다고 내가 전부 잘못했다고 이를 악물고/참"(「쑥 찜질」)는다. 내심 언제든 거짓말이 들통나버리고 싶은 배덕감까지도 감춘 채 "마음이 하는 거짓말"(「추측」)로 본래 감정을 극도로 억누르고 있는 화자들은 자신의 "짙고 깊은 허울을 기필코 보여주"(「다른 세상의 모든 근황」)는 세상 사람들에 대한 의문을 내비치기도 한다.

그렇다면 "너를 사랑해//죽여버릴 거야"(「개가 말을 옮겼어」), "청량해//징그러워"(「즐겁다」)와 같이 상반된 감정의 표출이 맞물려 제시되는 건 이런 화자들의 억압된 감정이 공격성이라는 대척적 충동으로 발현되는 양상을 반영하는 것 아닐까. 마찬가지로 "노루를 잡아먹는" 나무나 "욱하는 멸치떼"(「결혼 없이 하지」)처럼 의인화되는 동식물이나 공격성으로 충만한 무생물은 화자들의 억압된 감정과 눌러 참아온 공격성이 주변 객체들에 투사되는 것에 더 가깝다고 할 수 있다. 그런 점에서 꿈속은 스스로 억압했던 감정과 공격성을 마음껏 풀어놓는 장소가 된다. 가령 「약자」에서 "미워하는 동무의 명치를 누르는 꿈을 꿔야 다음 날 살 만해"진다는 언급은 꿈의 그러한 기능적 역할을 알게 한다.

그러나 더욱 주목되는 건 친구보다도 가혹한 존재인 '나'의 숨통을 끊어버리지 못하는 데에서 오는 괴로움이다. "나한테 거짓말을 가장 많이 한 사람"이자 "나에 대한 나의 오해를 말하는"(「약자」) '나'는 스스로에게 가장 모질게 굴고 있음을 알면서도 자기혐오와 학대를 멈추지 못하는 것처럼 보인다. 「보람」에서는 알에서 자기 자신을 끊임없이 낳으며 우는 '나'가 등장한다. "나를 낳았다고 울"면서도 "자꾸 낳기로 한다"는 건 자신이 아닌 다른 이를 낳을 때까지, "힘닿는 데까지 생산"을 멈추지 않겠다는 다짐을 내비치는 것 같다. 그러는 동안 "내가 되지 않으려고 최선을 다했던 시간들"(「결혼 없이 하지」)이 차곡차곡 쌓여만 간다.

4. '나에게 못된 나'의 아름다움

그렇다면 자신을 단단히 억압하거나 학대할 수밖에 없도록 몰아붙이는 분노의 근원은 어디에 있는 것일까. 이 분노는 무엇보다도 아름다움을 빼앗겼다는 것에 대한 분노다(「gas」). "시가 어여쁜 아가씨를 탐할 수 있게/자리를 비켜주었"(같은 시)다는 언급에는 아름답지 않아서 빼앗길 것도 없다는 자조가 드러난다. "어느새 늙어버렸"(「더티 화이트」)다는 고백 또한 시집 곳곳에서 유사하게 발견된다. 그런데 이

'아름다움'과 '늙음'에 대한 사유는 자주 '여자'나 '엄마'라는 시어와 가까이 놓인다는 점에서 어떠한 환유적 논리를 마련하고 있는 것처럼 보인다. 구체적으로 '여자'는 '나'의 아름다움을 집어삼키는 존재로 그려지는데,「보석의 마음」은 '여자'의 존재로 인해 아름다움의 단계를 이행할 수 없게 된 '나'의 처지를 암시한다. "착하게 살아야"(「gas」) 한다는 목소리를 '나'에게 각인시킨 것 또한 엄마의 억압이었을 것으로 추정된다.

그래서일까, 시집에 드리운 맹렬한 분노는 "명령하고 싸우"는 "여자의 세계"(「추측」)에 대한 저주와 살의에 기인하면서 '여자'를 향한 감정이 될 때가 많다. "여자의 뱃속에서 살아서 나"(「신나무」)온 '우리'의 모습은 이 세계에서 '여자'가 가장 야만적인 포식자로 상정되고 있음을 짐작하게 하는데, 윤유나의 시에서 이 '여자'는 곧 엄마이면서 엄마와 구별되지 않는 '나'이기도 하다. 이는 시집에 노인들이 자주 등장하는 것과도 무관하지 않다. "할머니가 젊었을 때 (…) 할머니는 늙었다고 할머니라고/죽지 않고 오랫동안 할머니라고//너는 나를 미워하고도 괜찮겠니/나는 괜찮니"(「유전」) 같은 대화가 성립하는 이유는 결국 '할머니'가 여자의 가계도 안에서 화자 자신을 지칭하고 있기 때문이다. 이어지는 "엄마 다람쥐, 아기 다람쥐"(같은 시)의 상동적인 모습 및 그들과 '우리'를 동일시하는 모습에서 암시되듯, '할머니'는 또한 '엄마'를 지칭하는 것으로 읽을 수도 있다. 그렇다면 아름다움을 빼앗아간 것은 바로 '여자'인 자기이기도 하므로 화자의 분노는 필연적으로 자신을 향한다. 스스로에게 가장 가혹할 수밖에 없는 이유이기도 하다.

한편으로는 바로 그렇기에 윤유나의 화자들은 엄마에 대한 맹렬한 분노로 들끓다가도 엄마에 대한 애틋한 마음으로 돌아가곤 한다. "엄마는 어떻게 되는 걸까요"(「다른 세상의 모든 근황」). 돌연 등장하는 내면의 소리도 엄마에 대한 의식과 걱정으로 읽을 수 있다. 여기에는 엄마에 대한 미안한 마음 또한 자리하고 있는 것으로 보인다.

지난밤 비가 쏟아졌다
연못 관리실에 유감을 표하고 친근함을 표방하는 문 앞
에 서 있다

알 수 없구나 쫓겨난 금붕어들

(…)

종이를 둘둘 말아 입에 대고 뻐끔거린다
영 원 한 사 랑

어제는 아름답기로 유명한 대학과 강물을 보고 왔다
종점에서 머리를 잘랐고

자르는 상상으로 머리가 잘리지 않았다

기다란 나무 울타리 따라 공원 한바퀴

돌아와 엄마가 싸는 김밥을 바라본다

가시오이, 고수 한접시
덜 익은 수박까지
모두 내게 어울리는 아침 식탁

언제 늙어서 내가 이토록 아름답지
엄마 앞에서 비늘 몇조각 흘리며
갓 썬 김밥을 먹는다
                              ─「가족과 먹는 여름 김밥」 부분

이 시는 바깥으로 나가 무언가를 바라보고서 집으로 돌아오는 이틀의 시간이 분절되어 제시된다. 지난밤 폭우로 연못에 있던 금붕어들이 밖으로 쓸려 나가고, '나'는 금붕어를 생각하며 마치 자신이 금붕어라도 된 양 "종이를 둘둘 말아 입에 대고 뻐끔거린다". 그리고 밥알 혹은 빗방울이나 땀방울을 흘리듯 금붕어처럼 "비늘 몇조각 흘리며" 엄마 곁에서 김밥을 먹는다. "쫓겨난 금붕어들"의 모습은 외연 차원에서 "창밖에서 신문지를 깔고/김밥을 먹는" '나'의 모습에 한번,

'여자의 세계'에 경멸을 느끼면서도 그 세계에서 쫓겨나거나 그 세계가 언제 부서질지 모르는 것에 대해 화자가 느끼는 긴장과 두려움에 다시 한번 유비된다.

그러나 엄마 곁에서 마냥 어려진 기분을 느끼는 동시에 한없이 늙어버린 자신의 시간적 격차를 자각하며 "언제 늙어서 내가 이토록 아름답지" 말하듯, '늙음'의 '아름다움'에 대한 새로운 인식의 발견을 드러내기도 한다. 엄마와 닮아가는 자신의 몸에 아름다움을 느끼게 되는 것이다. 이처럼 문득 제 아름다움을 깨닫게 되는 순간이 종종 존재하는데, "살에 잡힌 물집들이 너무 아름다워"(「즐겁다」)라고 말하게 되는 것 또한 낡고 해지고 늙는 일에 대한 아름다움의 인식을 드러낸다.

어쩌면 이는 있음-없음-사라짐의 마지막 단계인 완전한 소멸에 대한 긍정과도 맞닿는 것이 아닐까. 「그냥 바다」에서 상대를 여전히 좋아하는 마음이 지속되다가 그 마음마저 사라지게 되었을 때 살아갈 보금자리를 잃고 혼란스러워했다면, 그러다 '나'로부터의 완전한 사라짐을 통해서만 온전히 존재하게 된 바다를 다시 만나게 되었듯이, 좋아하는 마음을 아직 떠나보내지 못해 그 시절을 여전히 살아가는 마음마저도 언젠가는 자유롭게 풀어줄 수 있게 될 것이다.

崔緖映 | 문학평론가

어떤 날은 내가 너무 더럽게 느껴진다
그럼 시를 읽어야지
사는 동안 정화하는 일을 멈추지 못하겠지
그랬으면

2025년 2월

윤유나

창비시선 514

삶의 어떤 기술

초판 1쇄 발행 / 2025년 2월 28일

지은이 / 윤유나
펴낸이 / 염종선
책임편집 / 김가희 박문수
조판 / 박지현
펴낸곳 / (주)창비
등록 / 1986년 8월 5일 제85호
주소 / 10881 경기도 파주시 회동길 184
전화 / 031-955-3333
팩시밀리 / 영업 031-955-3399 편집 031-955-3400
홈페이지 / www.changbi.com
전자우편 / lit@changbi.com

ⓒ 윤유나 2025
ISBN 978-89-364-2514-2 03810